AF290096

Analyse de l'œuvre

Par Florence Meurée
et Noémie Lohay

Et après…

de Guillaume Musso

Rendez-vous sur lepetitlitteraire.fr et découvrez :

Plus de 1200 analyses
Claires et synthétiques
Téléchargeables en 30 secondes
À imprimer chez soi

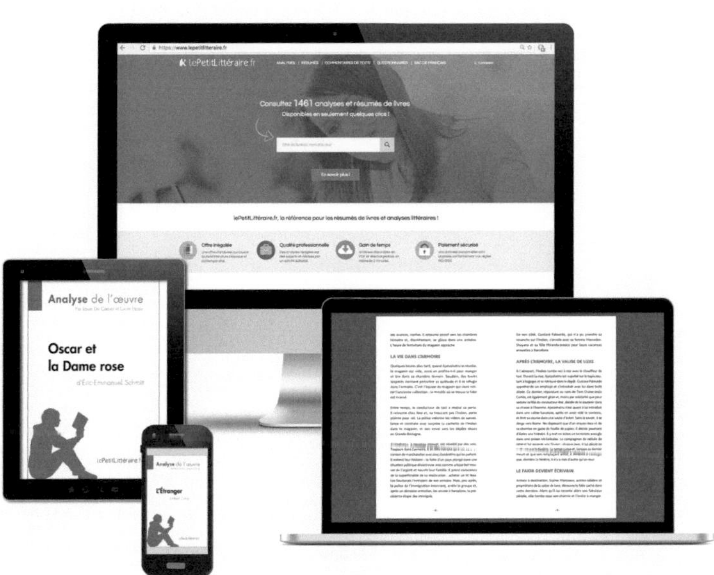

GUILLAUME MUSSO

ÉCRIVAIN FRANÇAIS

- **Né en 1974 à Antibes (Provence-Alpes-Côte d'Azur)**
- **Quelques-unes de ses œuvres :**
  - *La Fille de papier* (2010) roman
  - *L'Appel de l'ange* (2011), roman
  - *7 ans après…* (2012), roman

Guillaume Musso a très tôt conscience de sa vocation d'écrivain. À 19 ans, il effectue d'ailleurs un séjour à New York qui lui inspire déjà de nombreuses idées de romans. Diplômé en sciences économiques, il enseigne cette matière jusqu'en 2013. En 2004 parait son livre *Et après…*, vendu à un million d'exemplaires et traduit dans une vingtaine de langues. Les lecteurs ne cesseront par la suite de s'enthousiasmer pour chacun de ses romans, comme *Sauve-moi* (2005), *Seras-tu là ?* (2006), *Parce que je t'aime* (2007), etc. Il est aujourd'hui l'un des auteurs favoris du grand public, et plusieurs de ses œuvres ont été adaptées au cinéma.

ET APRÈS...

UN ÉNORME SUCCÈS DE LIBRAIRIE !

- **Genre :** roman
- **Édition de référence :** *Et après...*, Paris, Pocket, 2011, 384 p.
- **1ʳᵉ édition :** 2004
- **Thématiques :** mort, prédiction, don, amour, deuil, aide

Publié en 2004, *Et après...* a rencontré un énorme succès en librairie et a été traduit en 23 langues. Il s'agit du deuxième roman de l'auteur, qu'il a entamé suite à un accident de la route, ce qui explique pourquoi l'intrigue est centrée sur la question de la mort.

Et après... relate l'histoire de Nathan Del Amico, éminent avocat new-yorkais encore amoureux de son ex-femme, Mallory Wexler. Nathan subit une profonde crise existentielle lorsqu'il croise la route de Garrett Goodrich, un médecin possédant le don de prédire la mort prochaine de certaines personnes.

RÉSUMÉ

CHOISIR ENTRE LA VIE ET LA MORT

En automne 1972, dans le Massachusetts, un garçon âgé de 8 ans porte secours à son amie, Mallory Wexler, tombée dans un lac. Ne parvenant pas à rejoindre la rive, Nathan se noie et se sent mourir. Il est emmené à l'hôpital en état de mort clinique. Une fois réanimé, il affirme à son médecin, le Dr Goodrich, être sorti de son corps et avoir eu le choix entre la vie et la mort. Nathan a décidé de vivre après avoir eu une vision dont il ne se souvient plus à l'âge adulte.

LE MESSAGER

À Manhattan, de nos jours, Nathan Del Amico, un riche trentenaire, ressent, à son réveil, un élancement dans la poitrine. Il pense à sa fille, Bonnie, et à son ex-femme, Mallory Wexler, qui l'a quitté plusieurs mois auparavant, suite à la perte de leur nourrisson, Sean, et parce qu'il était trop absorbé par son emploi.

Son dévouement pour son travail peut néanmoins s'expliquer : la famille de Mallory ne l'ayant jamais accepté – d'un milieu socioéconomique très différent, il était le fils de leur femme de ménage –, pour obtenir leur respect, il s'est donné corps et âme dans son métier afin de devenir un avocat brillant.

En 1995, il a d'ailleurs affronté Jeffrey Wexler, le père de Mallory, également avocat, au cours d'un procès qu'il a remporté ; ses relations avec sa belle-famille se sont ensuite malheureusement dégradées.

Garrett Goodrich, un éminent médecin, souhaite avoir un rendez-vous avec Nathan. Le médecin n'ayant en réalité pas besoin de ses services d'avocat, Nathan ne comprend pas ce que Goodrich attend de lui. Il a en outre l'impression de l'avoir déjà rencontré, bien qu'il n'ait fréquenté aucun des hôpitaux où il a exercé.

Le médecin lui parle de la vie et de la mort, et affirme que c'est lui qui pourrait s'avérer utile à l'avocat, si bien que Nathan pense qu'il se moque de lui. Il est néanmoins perturbé par cette visite et par la douleur accrue dans sa poitrine. Il contacte son ex-femme, qui habite en Californie, pour s'arranger sur l'arrivée prochaine de leur fille à New York pour les vacances de Noël.

Quelques heures plus tard, Goodrich se présente chez Nathan et l'emmène à l'Empire State Building. En haut de l'immeuble, il demande à Nathan d'observer un garçon agité : selon lui, il va bientôt mourir. En effet, le garçon se suicide d'une balle dans la tête quelques instants plus tard.

Peu après, Goodrich confie à Nathan qu'il possède un don : il est capable d'anticiper la mort de certaines personnes, parce qu'il voit un halo blanc autour d'elles. Il est donc une sorte de messager dont le rôle consiste à aider les mourants à partir sereinement. Par la suite, il conseille également à Nathan d'aller voir Candice, une serveuse au Dolce Vita Cafe, car il sent qu'elle va bientôt mourir.

Même si Nathan ne veut pas croire cette histoire, il pense que Goodrich l'a contacté pour le préparer à sa mort toute proche ; il décide alors de prendre des vacances. Ressentant encore des douleurs dans la poitrine et pensant à sa mère morte à la suite d'un cancer, il se rend dans une clinique pour faire un bilan complet. Lorsqu'il reçoit les résultats, il est soulagé : les médecins ne lui ont rien décelé.

Nathan rejoint ensuite Goodrich dans sa maison de campagne. Persuadé de l'avoir déjà rencontré de nombreuses années auparavant, il ne parvient cependant toujours pas à se rappeler dans quelles circonstances. Goodrich lui parle de Candice et lui explique qu'elle n'avait plus vu son père depuis ses 11 ans, celui-ci ayant été emprisonné ; Garrett s'est alors arrangé pour les réconcilier.

LA RÉALISATION DE LA PRÉDICTION

Le lendemain, Nathan se rend au Dolce Vita Cafe et prend Candice en filature ; il passe sa journée à la surveiller. Le soir, il l'aborde sur son lieu de travail et lui propose d'aller boire un verre après son service. Mais Candice apprend que son père a eu une crise cardiaque : celui-ci est déjà mort quand ils arrivent à l'hôpital. Nathan téléphone à Goodrich pour lui annoncer que sa prédiction était mauvaise.

Persuadé qu'elle n'est pas sur le point de mourir, Nathan propose à la jeune femme de lui offrir 100 000 dollars pour que son fils ait un bel avenir. La serveuse, d'abord réticente, finit par accepter. Ils se rendent alors à la banque, mais deux individus armés y entrent et commettent un braquage. Candice est blessée par balle et décède. Nathan se sent responsable de sa mort : c'est en effet à cause de lui qu'elle était présente ce jour-là à la banque.

Commençant à croire aux prédictions de Goodrich, Nathan, seul dans son appartement, est angoissé à l'idée de mourir. Il ressasse alors ses souvenirs et regarde ses anciens vinyles. Parmi eux se trouve le disque *Imagine* (1971) de John Lennon (auteur, compositeur et interprète de rock et pop britannique, 1940-1980). Sur la pochette est écrit un mot adressé à Nathan affirmant qu'il a été très courageux. À l'écoute du disque, Nathan se rappelle alors qu'il a rencontré Goodrich en 1972, au dispensaire de Nantucket Island, où Il a été emmené après s'être noyé.

Pour en avoir la confirmation, Nathan entre par effraction dans la maison de campagne de Goodrich. Il y trouve des notes que ce dernier avait prises lorsqu'il s'était occupé de lui, ainsi que l'enregistrement d'une conversation où le jeune Nathan raconte au médecin incrédule une expérience de mort imminente. Goodrich rentre chez lui et le surprend ; il lui parle des Messagers et de leur rôle. Il lui conseille également d'avouer ses sentiments à son ex-femme, parce que le temps presse.

LA MISSION DE NATHAN

Convaincu qu'il va mourir prochainement, Nathan s'interroge sur le sens de son existence. Il téléphone à Mallory pour lui annoncer qu'il viendra lui-même chercher Bonnie le lendemain – quatre jours plus tôt que prévu –, en promettant à son ex-femme d'emmener sa fille chez ses grands-parents maternels. Mallory se rappelle différentes étapes de sa relation avec Nathan. Elle l'appelle pour lui dire qu'elle accepte qu'il vienne en Californie plus tôt que prévu, et ajoute qu'il a énormément compté dans sa vie.

Nathan, accompagné de Goodrich – car il est persuadé que rien ne lui arrivera tant qu'il sera avec le Messager –, va donc chercher Bonnie. Avant de repartir à New York, il ressent l'absolue nécessité de revoir Mallory et, confiant sa fille à Goodrich, retourne chez son ex-femme. Ensemble, ils dressent le bilan de leur couple. Tous deux éprouvent encore des sentiments l'un pour l'autre, mais Nathan finit par partir, craignant de voir Mallory pour la dernière fois.

À New York, Nathan passe du bon temps avec Bonnie. Souhaitant la préparer à sa disparition prochaine, il lui parle de la mort. Ils partent ensuite chez les parents de Mallory. Là, Nathan et Jeffrey s'avouent mutuellement leurs erreurs. Plus tard, Jeffrey, ivre mort, emprunte la voiture de Nathan et fauche un jeune cycliste avant de s'enfuir. Quand Nathan aperçoit sa voiture cabossée, persuadé qu'il a moins à perdre que son beau-père – puisqu'il se croit mourant –, il se présente aux policiers comme le responsable du drame. Il veut ainsi préserver l'honneur des Wexler. Jeffrey paie sa caution et, pour convaincre son beau-père de le laisser se faire accuser à sa place, Nathan prétend qu'il va bientôt succomber à un cancer.

Ben Greenfield, le garçon fauché par Jeffrey, arrive à l'hôpital dans le coma. Nathan envoie Goodrich au chevet du jeune garçon afin de savoir s'il va mourir ou non. Ne voyant pas de halo blanc autour de lui, ce dernier, soulagé, pense qu'il va s'en sortir. En effet, quelque temps plus tard, Ben sort du coma. Nathan ne risque donc plus la prison.

Pendant ce temps, de retour à son cabinet, Nathan reçoit un fax qui l'invite à consulter une vidéo sur Internet : on y voit Jeffrey arrêté à une station-service avec la voiture de Nathan, peu avant l'accident. Le gérant de la station, Creed Leroy, réclame un million de dollars à Nathan pour ne pas fournir cette vidéo qui l'innocente à la police. Pour empêcher l'homme de faire chanter sa famille, Nathan décide de le rencontrer et enregistre leur conversation, afin d'avoir un moyen de pression.

Jeffrey explique à sa fille la vérité sur l'accident et l'encourage à revoir Nathan. Mallory décide alors d'aller retrouver son ex-mari et leur fille. « En paix avec lui-même et en paix avec les autres », Nathan se sent désormais prêt à mourir (p. 341).

Cependant, au matin de Noël, Nathan distingue un halo de lumière blanche autour de la cheve-lure de Mallory. Il s'empresse de demander des explications à Goodrich et apprend qu'il va à son tour devenir un Messager. Ainsi, Goodrich n'avait pas pris contact avec Nathan pour le préparer à sa mort prochaine – ce dont il s'était persuadé sans pourtant en avoir la confirmation franche –, mais bien pour le préparer à cette fonction. Cela implique qu'il devra « accompagner la mort de l'être qui lui est le plus proche » (p. 355).

Selon Goodrich, Nathan a choisi de devenir Messager. Ce dernier se rappelle alors que le jour de son expérience de mort imminente, il a eu la vision de sa future femme mourante, et a décidé de vivre pour pouvoir l'accompagner dans ses derniers instants.

ÉTUDE DES PERSONNAGES

NATHAN DEL AMICO

Nathan est un homme qui a à priori tout pour plaire : encore jeune et doté d'un physique agréable, il mène une brillante carrière d'avocat grâce à laquelle il fait partie de l'élite new-yorkaise. Fils d'une immigrée italienne, il a très tôt nourri de grandes ambitions professionnelles, souhaitant par là échapper à sa condition sociale d'origine. Cette poursuite d'un statut social plus élevé l'a cependant poussé à se détacher de sa mère, morte d'un cancer trois ans plus tôt ; Nathan regrette de n'avoir pas passé davantage de temps avec elle.

À 8 ans, il a sauvé de la noyade Mallory Wexler, la future femme de sa vie, et, ce faisant, a vécu une expérience de mort imminente. Tous deux se sont mariés et ont eu deux enfants, même si les parents de Mallory n'étaient pas favorables à leur relation. Pour montrer à sa belle-famille qu'il était digne de sa femme, Nathan s'est surinvesti dans son travail, sacrifiant ainsi sa vie de famille. Avec la mort subite de leur jeune fils, Sean, cet éloignement a progressivement conduit à la déchirure du couple. Mais, plusieurs mois après son divorce, Nathan n'arrive toujours pas à oublier sa femme.

Jusqu'à sa rencontre avec Goodrich, Nathan ne se montrait pas particulièrement attentif vis-à-vis de son prochain. Or, une fois qu'il est persuadé qu'il n'en a plus pour longtemps, l'avocat se recentre sur les choses essentielles : il cherche à faire le bonheur de ses proches et se montre sensible au destin d'inconnus, tandis que sa carrière et son argent passent au second plan.

Ce n'est qu'à la fin du récit que Nathan comprend qu'il est en fait un Messager, c'est-à-dire une personne chargée d'accompagner des hommes et femmes sur le point de mourir afin qu'ils partent en paix.

GARRETT GOODRICH

Ce sexagénaire, docteur en chirurgie oncologique et chef de l'unité des soins palliatifs du Staten

Island Hospital, est « grand et puissamment bâti. Son long manteau impeccable et son costume anthracite accentuaient encore sa grande stature » (p. 15-16). Il est également pourvu de « cheveux poivre et sel savamment ébouriffés », d'une « courte barbe » et d'« yeux vifs et pénétrants » (p. 16).

Nathan le voit comme « un médecin compétent. Un homme qui se lève le matin pour sauver des vies » (p. 48). C'est lui qui va définitivement bouleverser sa vie. Il a en effet pour mission de faire comprendre à l'avocat qu'il est un Messager. Lui-même est devenu Messager à la mort de sa première femme, Emily, en 1976. Ainsi, depuis plus de 20 ans, le médecin a aidé plusieurs personnes à partir en paix.

Goodrich accorde une grande importance aux relations humaines et à l'écoute d'autrui, affirmant que « tout ce qui touche à l'existence de nos semblables nous concerne » (p. 38). Il se montre très attentionné avec ses patients, en particulier ceux du centre de soins palliatifs.

C'est après avoir soigné Nathan, en 1972, qu'il s'est intéressé aux expériences de mort imminente, encore mal connues à l'époque, ainsi qu'à la question de savoir s'il existe quelque chose après notre vie sur terre.

MALLORY WEXLER

L'ex-femme de Nathan vit avec leur fille près de San Diego, en Californie. Sa description reste vague : elle possède de « longs cils », un « nez fin », des « dents blanches » (p. 29) et, témoignage de la période éprouvante qui a suivi son divorce, « ses joues s'étaient creusées et sa peau était pâle, presque diaphane » (p. 243).

Titulaire d'un doctorat en économie de l'environnement, elle a enseigné à l'université, avant de préférer consacrer son temps à plusieurs associations aidant les plus démunis. Mallory est une femme très engagée : elle a une grande expérience en tant que militante et s'investit dans diverses causes sociales (la dette des pays pauvres, le travail des enfants, les sans-abris) et environnementales (les OGM, une agriculture sans engrais ni pesticides).

Issue d'une famille prestigieuse et fortunée, elle s'est mariée avec Nathan contre l'avis de ses parents, qui n'acceptaient pas de voir leur fille avec le fils de leur femme de ménage. De nature très sociable, Mallory semble « toujours pleine d'énergie et de gaieté » (p. 79) ; à l'inverse de Nathan, elle « [est], par nature, quelqu'un de positif qui fai[t] confiance aux autres » (p. 80). Cependant, elle nourrit depuis son adolescence un malêtre qui l'a menée à l'anorexie.

Mallory estime que Nathan et elle se sont éloignés l'un de l'autre, car il consacrait trop de temps à son travail. Par ailleurs, elle a été dévastée par la mort de son fils Sean, qui représente le grand drame de sa vie ; c'est d'ailleurs pour échapper à la dépression qu'elle connait après son décès qu'elle intensifie son engagement associatif.

Même si elle fréquente un homme qui la convoite, Vince Tyler, elle est toujours amoureuse de Nathan et souffre beaucoup de leur séparation. Ses retrouvailles avec ce dernier ne seront que de courte durée, puisqu'elle est condamnée à mourir prochainement d'une maladie.

BONNIE DEL AMICO

Bonnie est une enfant de 7 ans très sage et

éveillée. Elle vit avec sa mère, mais téléphone régulièrement à son père. Elle a très mal accepté la séparation de ses parents, faisant même des angoisses nocturnes. Depuis des mois, elle prie chaque jour pour qu'ils forment à nouveau un couple. Bonnie est très complice avec son père et ne supporte pas Vince, le prétendant de Mallory. Elle aime s'adresser aux gens en espagnol et a pour ambition de devenir vétérinaire.

LES WEXLER

Les Wexler ont toujours été gênés que Nathan ait sauvé leur fille de la noyade et n'ont jamais accepté leur beau-fils.

Jeffrey Wexler, homme strict de l'élite bostonienne, est un excellent avocat, mais il est plus faible que ne le laissent croire les apparences – il a trompé sa femme avec sa secrétaire. Il aurait aimé entretenir de meilleures relations avec son beau-fils, mais « l'affaire du bracelet » (quand sa maitresse a volé un bracelet appartenant à sa femme, Jeffrey a accusé la mère de Nathan pour éviter d'ébruiter sa liaison extraconjugale) l'en a empêché. À l'époque, pour se déculpabiliser, il a payé une partie des frais scolaires de Nathan.

Par ailleurs, Jeffrey souffre depuis des années d'alcoolisme, ce qui l'amène à renverser un garçon avec la voiture de Nathan. Persuadé que Nathan a un cancer, Jeffrey le laisse mentir aux autorités. Il tient toutefois à défendre son beau-fils en justice, afin de lui éviter la prison.

Lisa Wexler est quant à elle « une très belle femme, longiligne, toujours habillée avec classe et arborant en toutes circonstances ce maintien aristocratique qui ne s'acquiert qu'au bout de plusieurs générations » (p. 274). « Inaccessible et digne », Mallory s'est construite en opposition à son « côté froid et rigide » (p. 275).

ABBY COOPER

Depuis des années, elle est l'assistante de Nathan. Elle a accepté de quitter la Californie pour le suivre à New York. Cette « célibataire entre deux âges » (p. 14), mère d'un jeune fils dont elle n'a pas la garde, se montre très efficace dans son travail.

Elle a espéré un moment pouvoir entamer une histoire d'amour avec Nathan, avec qui il lui arrive d'être très complice. Elle apportera une aide décisive à celui-ci quand il devra subir le chantage de Creed Leroy : c'est en effet elle qui trouvera le moyen d'enregistrer la conversation entre les deux hommes.

CLÉS DE LECTURE

UN ROMAN POPULAIRE

La littérature populaire

Tirant son origine dans la littérature de colportage, la littérature populaire répond aux gouts d'un large public :

> « La littérature populaire a été souvent condamnée comme une littérature mercantile, présentant des personnages sans épaisseur et sans vraisemblance à travers des intrigues et un style stéréotypés. Fabriquée pour un large public, elle est souvent désignée par des appellations dévalorisantes : "romans à quatre sous", "littérature de gare", paralittérature ou sous-littérature. Opposée à la littérature reconnue par l'institution littéraire, elle constitue cependant la majeure partie de la production littéraire. » (« Littérature populaire », in *larousse.fr*)

C'est pour ces différentes raisons que ses auteurs font parfois l'objet de critiques (« On n'est pas dans la littérature. Ces livres, ce sont des produits de grande consommation, ils sont lancés comme tels », « Musso vs. Levy : le match des recettes en littérature », in *marieclaire.fr*) – une dévalorisation, qui, selon Musso, serait d'ailleurs typique de la littérature française.

Car Musso ne fait pas exception : si d'aucuns reconnaissent qu'il n'y a guère de critiques à émettre à l'égard de ses romans grand public et de son « écriture modeste » (ADAM-AFFORTIT M. et DELASSUS P., « Guillaume Musso, pourquoi ça marche ? », in *parismatch.com*), et que l'auteur lui-même est fier de la popularité de ses romans, tous ne sont pas du même avis. C'est le cas du critique Eric Naulleau : « Il semble parfois qu'à des fins pédagogiques l'auteur se soit en effet mis en tête d'user en un minimum d'espace du plus grand nombre possible de clichés et de phrases toutes faites. » (« Le coup de gueule d'Eric Naulleau. Musso à la vinaigrette », *in parismatch.com*)

Les stéréotypes du genre populaire

Tout en ayant une intrigue originale, le roman de Guillaume Musso contient de fait plusieurs stéréotypes que l'on retrouve dans la littérature, et plus fréquemment dans la littérature populaire, mais aussi au cinéma :

- Nathan est un *self-made-man*. Il a grandi avec sa mère célibataire, une immigrée italienne, dans un quartier particulièrement pauvre du Queens (New York). Quelques années plus tard, il a su, par sa détermination et son travail, se hisser en haut de la pyramide sociale. Mais ce trentenaire dont la vie est apparemment idyllique n'est en fait pas épanoui, car il lui manque quelque chose d'essentiel, à savoir le bonheur en amour ;
- le cliché de la femme de ménage voleuse, incarné (à tort) par Eleanor Del Amico ;
- avec les Wexler, on retrouve l'image des parents qui n'acceptent pas la personne dont leur enfant est amoureux en raison d'une différence de classe sociale. L'idée du statut social comme obstacle à la relation amoureuse est présente au fil des siècles dans de nombreuses œuvres, parmi lesquelles *L'Avare* (1668) de Molière (auteur dramatique français, 1622-1673), *Julie ou la Nouvelle Héloïse* (1761) de Jean-Jacques Rousseau (écrivain et philosophe de langue française, 1712-1778) ou encore

Raisons et Sentiments (1811) de Jane Austen (romancière britannique, 1775-1817) ;

- Jeffrey Wexler trompe sa femme avec sa secrétaire, ce qui est encore un lieu commun très répandu ;

- Mallory représente pour sa part la femme riche très généreuse envers les plus défavorisés. Avec Nathan, elle compose aussi le couple qui, après s'être déchiré, se retrouve avec un amour plus fort que jamais ;

- le cadre spatiotemporel de la ville de New York, lieu de tous les possibles, a inspiré de nombreux artistes et est présent dans de nombreux romans dont, pour n'en citer que quelques-uns, *Manhattan Transfer* (1925) de John Dos Passos (romancier américain, 1896-1970), la *Trilogie new-yorkaise* (1985-1986) de Paul Auster (écrivain américain, né en 1947) ou encore *Le Bûcher des vanités* (1987) de Tom Wolfe (écrivain et journaliste américain, né en 1931) ;

- le récit se déroule autour de Noël, une époque de l'année où des valeurs comme la famille et la générosité sont fortement mises en avant. Or c'est justement à cette période que Nathan, Mallory et Bonnie sont à nouveau réunis.

La présence de ces stéréotypes, qui facilite peut-être la lecture (« Par son caractère conventionnel et familier, le stéréotype est [...] la base par excellence de la vraisemblance : à l'effet de genre, il conjugue l'effet de réel », DUFAYS J.-L., *Stéréotype et lecture : essai sur la réception littéraire*, Berne, Peter Lang, 2010, p. 232), rattache également *Et après...* à la littérature populaire, devenant dès lors la source des critiques qui sont parfois adressées au roman.

LA MORT

Une thématique omniprésente et protéiforme

Dès le prologue, la mort apparait comme l'élément central du récit. Elle se présente aux personnages et au lecteur sous diverses formes :

- le personnage principal, Nathan, est directement confronté à la mort de plusieurs personnes, qu'il s'agisse du suicide du garçon à l'Empire State Building, de la crise cardiaque du père de Candice ou encore de la mort de Candice elle-même, quand celle-ci est touchée par une balle perdue lors d'un braquage ;

- certains personnages doivent faire le deuil d'un proche. Nathan a perdu sa mère et son fils, et doit se préparer à voir mourir sa femme. Mallory a été anéantie suite à la mort de Sean. Le docteur Goodrich a quant à lui accompagné sa femme jusqu'à ses derniers instants ;
- plusieurs personnes se retrouvent entre la vie et la mort. Enfant, Nathan a vécu une expérience de mort imminente. Le petit Ben arrive dans un état critique à l'hôpital, et Mallory, qui a souffert d'anorexie durant son adolescence, a dû être hospitalisée tant son état de santé était préoccupant ;
- la figure des Messagers, ces personnes capables de prévoir la mort, et qui se donnent pour objectif d'aider les autres à quitter ce monde en paix avec eux-mêmes ;
- d'un point de vue symbolique, la figure du cygne apparait au début (prologue et chapitre II) et à la fin du récit (p. 347). Or dans le chapitre II, Goodrich précise que, selon de vieux textes celtiques, « les êtres de l'autre monde qui pénètrent sur terre empruntent souvent la forme d'un cygne » (p. 19) ;
- à plusieurs reprises, le narrateur fait référence aux attentats du 11 septembre 2001, qui

ont fait de nombreuses victimes (« Jamais il n'oublierait cette épouvantable journée d'horreur, ces colonnes de fumée noire qui avaient pollué le ciel jusque-là limpide, puis ce monstrueux nuage de débris et de poussière lorsque les tours s'étaient effondrées. [...] New York n'était jamais réellement redevenu New York », p. 25) ;

- le chapitre XIII s'attarde sur l'origine et la future disparition de l'univers, et souligne la norma-lité de la mort précoce des hommes durant les siècles passés (« Tout le monde le sait mais tout le monde l'oublie : le temps de l'humanité reste une quantité négligeable par rapport au temps de l'univers. [...] à la veille de [la révolution industrielle], l'espérance de vie n'était encore que de trente-cinq ans. La mort était partout. Elle était normale. On l'acceptait », p. 150-151).

Omniprésente, la mort constitue également le moteur du récit. En effet, c'est en pensant à sa mort prochaine que Nathan change radicalement de comportement. L'avocat remet en question toute son existence pour réaliser ce qui a vraiment de la valeur à ses yeux. Ainsi, il cherche à renouer les liens avec Mallory et, pour préserver son ex-femme et sa fille, il se présente comme le responsable de l'accident de voiture de Jeffrey – en ayant bien conscience que cela mettra fin à sa brillante carrière. De même, il vide son compte en banque pour payer la rançon exigée par Creed. L'argent et la renommée professionnelle laissent donc la place à la relation avec ceux qu'il aime dans l'ordre de ses priorités.

Le récit tend aussi vers l'acceptation progressive de la mort de la part du héros : d'abord révolté et profondément angoissé à l'idée qu'il n'en a plus pour longtemps, Nathan finit par envisager sereinement cette perspective. Cette évolution de son état d'esprit est due aux nombreuses réflexions que le héros développe autour de la mort, soit quand il se retrouve seul (chapitres XIII, XIV, XVII), soit lors de ses discussions avec Goodrich (chapitres V, VIII, XVI) ou encore avec Bonnie (chapitre XXI).

Mort et surnaturel

Le traitement « surnaturel » – c'est-à-dire qui sort de l'ordinaire, et « semble en dehors du domaine de l'expérience et échapper aux lois de la nature » (« Surnaturel », in *larousse.fr*) – de la mort constitue sans doute l'originalité du roman de Guillaume Musso : certains humains deviennent, pour une raison inconnue, des Messagers, chargés d'accompagner les personnes sur le point de mourir. Ceux-là ont ainsi la possibilité de prédire la mort prochaine de certaines personnes grâce à l'apparition d'un halo de lumière au-dessus de leur tête.

S'ils ont pour mission d'aider les autres à faire la paix avec eux-mêmes et leurs proches avant de partir, il leur est cependant impossible d'empêcher cette mort : « Personne n'a de prise sur l'heure de la mort. Et on ne peut pas remettre en cause la décision finale. » (p. 54) Garrett Goodrich souligne en outre qu'il importe que personne ne soit au courant de leurs dons.

Les Messagers peuvent également acquérir une autre capacité avec le temps : au contact de quelqu'un, ils peuvent parfois entrevoir un aperçu de son avenir (« Garrett effleura le front de l'enfant du bout des doigts et une image fusa dans son esprit : celle de Ben Greenfield, âgé d'environ vingt ans, en train de sauter en parachute. Cette vision ne dura pas et Garrett fut aussitôt déconnecté de cet univers prémonitoire », p. 321). C'est par ailleurs pour assumer cette fonction, adulte, auprès de Mallory que Nathan a choisi de revenir à la vie lors de son expérience de mort imminente.

Dans *Et après…*, le rôle des Messagers semble en partie justifié par la façon dont la mort est abordée dans notre société : « En supprimant la plupart des rites de passage vers l'autre monde, notre société en a fait un sujet tabou. C'est pour ça que les gens se retrouvent désemparés lorsqu'ils y sont confrontés » (p. 93), affirme Garrett. Nathan explique également à Bonnie, effrayé à l'idée de la laisser affronter le monde sans lui :

> « – Grand-mère n'aime pas que je lui pose des questions sur la mort. Elle dit que je suis trop petite et que ça porte malheur.
> – Ce sont des bêtises, chérie. C'est seulement que les adultes ont peur de parler de la mort avec les enfants. [...] Ils craignent de les effrayer alors que c'est justement de ne pas en parler qui fait peur. On a toujours peur de ce qu'on ne connait pas. » (p. 252)

Avec ces différentes réflexions – ainsi que la présence d'une expérience de mort imminente

(EMI) –, l'auteur incite son lecteur à réfléchir sur le façon dont il envisage et aborde lui-même la mort – et la vie !

VALEURS ET TRAVERS SOCIÉTAUX

Des valeurs encouragées

Au sein du roman, l'idée que l'argent ne fait pas le bonheur est largement exploitée. Ainsi, bien que Nathan reconnaisse l'importance de l'argent dans sa vie, il se rend compte à plusieurs reprises que la relation qu'il entretient avec sa fille, l'amour, la famille, ont davantage de valeur – et que l'argent seul, sans partage, ne vaut finalement pas grand-chose. Nathan réalise ainsi qu'il a besoin de l'autre pour vivre pleinement : « Sans une main pour l'accompagner, il ne voulait plus aller nulle part ; sans une voix pour lui répondre, il n'était que silence ; sans un visage en face du sien, il n'existait plus. » (p. 140)

Au fil du récit, sa conception du bonheur et de la réussite évolue, et l'argent y tient une place de moins en moins prépondérante : « Et dire qu'il s'était souvent plaint de sa vie : trop de travail, trop d'impôts, trop de contraintes... Bon sang, qu'il avait été stupide ! Il n'y avait rien de plus plaisant que son existence. Même un jour de tristesse était quand même un jour vécu. » (p. 185) Nathan explique également à sa fille qu'elle ne doit pas juger les gens en fonction de leur argent, mais bien d'après leur comportement. En fin de récit, perdre sa fortune ne l'affecte plus :

> « Il ressentait même une certaine excitation à revenir à zéro. On devrait tous pouvoir vivre deux vies, rêva-t-il un moment. Si c'était faisable, il tâcherait de ne pas commettre les mêmes erreurs. [...] Il abandonnerait une certaine forme de vanité, passerait moins de temps à gesticuler sur des choses éphémères et inutiles pour se recentrer sur des choses plus essentielles. » (p. 311-312)

Même Jeffrey, qui vit dans l'opulence, reconnait que l'argent – « ce foutu argent qui pervertissait tout, qui enlevait du sens à tout » (p. 294) – a entaché ses relations sociales, en particulier avec Nathan. Pour Mallory, c'est encore plus évident : la jeune femme s'attache davantage aux petits plaisirs de la vie – tels une balade en forêt – qu'à la richesse matérielle.

L'altruisme est également mis en avant, principalement à travers les personnages de Garrett Goodrich et de Mallory. Le premier affirme ainsi que « tout ce qui touche à l'existence de nos semblables nous concerne » (p. 38), tandis que la deuxième considère que « s'occuper des autres, c'est s'occuper de soi » (p. 187). Nathan, quant à lui, éprouve de l'empathie à l'égard de la dure tâche de Garrett – accompagner des mourants – et admire l'engagement de Mallory :

> « Mallory était contre tout : contre la dette et la misère des pays pauvres, contre la dégradation de l'environnement, contre le travail des enfants… […] Nathan avait toujours été très critique à l'égard de la générosité des riches, mais, au fil du temps, il avait fini par reconnaitre que, par rapport à lui qui ne faisait rien, c'était déjà ça. […] si le monde ne devait compter que sur des types comme lui pour aller mieux, il n'avait pas fini d'attendre. » (p. 70-71)

L'avocat regrette même, à l'occasion, de ne pas être davantage tourné vers autrui : « Nathan était sincèrement admiratif devant ces gens qui donnaient une partie de leur temps aux autres […]. Il aurait voulu ressentir lui aussi cette empathie avec les gens, mais il n'avait jamais su aller vers les autres. » (p. 91)

Le personnage de Mallory permet également d'opposer cette ouverture à l'autre aux considérations modernes, matérielles et futiles, tournées vers le superflu plutôt que vers le vivre ensemble et la solidarité. Le fait que le roman se déroule aux alentours de Noël permet de le mettre en avant :

> « Là [auprès des SDF], au moins, elle se sentait utile, particulièrement en cette période de l'année où la moitié de la ville se ruait dans les supermarchés pour dilapider ses dollars en achats superflus. Avec le temps, elle ne supportait plus toute cette pression autour de la consommation qui avait depuis longtemps dévoyé le véritable sens de Noël. » (p. 196)

Ainsi, bien qu'il s'agisse de thèmes peu originaux, le roman rappelle au lecteur l'importance de l'ouverture à l'autre, de la solidarité, du partage et des relations humaines face au matérialisme ambiant de notre société.

Le malêtre de la société moderne

Bien que brièvement, le roman traite aussi, en dehors du problème représenté par l'argent, d'un autre aspect de notre société : le malêtre qui nous touche parfois, auquel nous ne savons pas comment réagir. Ainsi, Jeffrey Wexler a sombré dans l'alcoolisme pour se défaire d'une détresse morale, tandis que sa fille, qui souffre de dépression chronique, est devenue anorexique à l'adolescence : « Un moyen comme un autre de compenser ce désordre qu'elle sentait dans sa tête en créant une sorte de vide dans son corps. » (p. 202)

On retrouve à l'occasion cette solitude chez d'autres personnages mineurs, tels Candice : « Elle se souvenait surtout de ce soir-là comme d'un moment où elle avait ressenti un besoin désespéré d'exister dans le regard de quelqu'un d'autre. » (p. 126) Quant à Nathan, c'est le malêtre qu'il ressent en raison de sa condition sociale qui le pousse à prouver sa valeur par une réussite sociale et financière hors-norme, quitte à négliger sa propre famille.

Il est intéressant de noter que, dans le cas de Mallory, l'angoisse nait aussi en raison de l'indifférence du reste du monde : Mallory souffre, car, alors qu'elle s'avère incapable de ne pas voir les problèmes du monde, personne d'autre ne semble s'en préoccuper :

> « Il lui suffisait de passer devant les sans-abri qui dormaient dans des cartons sous la neige. Chaque fois, c'était la même chose : personne ne semblait leur prêter attention. [...] Mais elle, Mallory, ne voyait plus que ça : ces visages brulés par le froid qui s'imposaient à elle, alors qu'ils semblaient transparents aux yeux des autres. Comment s'étonner après ça qu'elle ait du mal à s'intéresser aux futilités de la vie ! Elle était bien consciente d'être une privilégiée et souffrait d'une sorte de culpabilité qui lui rendait intolérable cette proximité entre opulence et misère. » (p. 236)

Tout comme la réflexion autour de la mort, ces différentes idées incitent ainsi le lecteur à réfléchir à – voire remettre en question – ses propres priorités et valeurs, et à la façon dont il aborde la vie et le monde.

LE COUP DE THÉÂTRE FINAL : UNE SURPRISE POUR LE HÉROS ET POUR LE LECTEUR

Bien que n'étant pas un thriller à proprement parler, le roman s'en rapproche par quelques éléments, en particulier le suspense qui tient le lecteur en haleine – ici, au regard de la mort future de Nathan ou de sa vision, qui n'est dévoilée au lecteur qu'à la fin du récit –, renforcé par l'idée d'un compte à rebours : la chronologie est ici restreinte et détaillée, se déroulant du 9 au 25 décembre. Le coup de théâtre qui survient à la toute fin du récit fait également partie de ces éléments.

De manière générale, un coup de théâtre se définit comme un renversement brutal de situation dont la fonction est de relancer la dynamique du récit. Il suscite chez les lecteurs (ou les spectateurs dans le cas d'une pièce de théâtre) un regain d'intérêt, une curiosité accrue pour la suite de l'histoire. Dans *Et après…*, à la fin du récit, le lecteur est, tout comme le protagoniste, surpris en comprenant que c'est Mallory – et non Nathan – qui va bientôt mourir.

Ce coup de théâtre fonctionne très bien, car tout au long de l'intrigue, Nathan pense et agit en fonction de sa propre fin, qu'il croit proche. Par ailleurs, Goodrich reste toujours très évasif quand il lui parle de l'épreuve qu'il devra affronter : il lui dit seulement qu'il faudra être préparé (chapitre II) ou encore que le temps presse (chapitre XVI). C'est Nathan qui affirme lui-même que

Goodrich est venu pour le préparer à sa mort, ce à quoi le médecin répond : « Ce n'est pas vraiment ce que j'ai dit. » (p. 55)

Ce n'est qu'à la fin du récit que le narrateur multiplie les allusions au malheur qui va frapper la famille de Nathan :

- Bonnie est heureuse que ses parents soient de nouveau ensemble, mais « son angoisse n'était pas totalement apaisée, comme si une menace confuse planait encore sur sa famille » (p. 346) ;
- Nathan est rempli de joie au matin de Noël, « pourtant, il sen[t] confusément que quelque chose [ne va] pas » (p. 349) ;
- surtout, en creux, les pensées de Mallory annoncent sa mort (« Dieu sait pourquoi, elle se rappela qu'[elle] n'était toujours pas passée prendre les résultats des analyses que son médecin lui avait demandé de faire la semaine dernière. Tant pis, elles attendraient encore quelques jours. De toute façon, le docteur Albright s'inquiétait toujours pour rien », p. 347).

Avant ces passages, rien dans le récit ne laisse

présager que c'est Mallory qui est condamnée, hormis deux petits indices. D'une part, Goodrich affirme qu'il n'a « jamais rien dit à ceux qui vont mourir » (p. 55) ; d'autre part, quand Nathan entre dans leur ancienne voiture familiale, le parfum qui imprègne les sièges lui rappelle Mallory : « Il la sentait tellement présente dans son esprit qu'à plusieurs reprises il eut l'impression d'être assis à côté d'une ombre. Elle était là, sur le siège à côté, comme une revenante. » (p. 72)

En définitive, dans *Et après...*, ce coup de théâtre placé à la fin de l'histoire déconcerte fortement le lecteur et lui laisse une forte impression. Il sent qu'il s'est fait « piéger » par le narrateur, puisqu'il n'a pas su deviner la fin du récit, mais il apprécie ce tour de force, car l'étonnement est un facteur essentiel du plaisir de lecture. Par ailleurs, le lecteur va pouvoir reconsidérer l'ensemble de l'histoire à la lumière de cette révélation.

Et après... propose à son lecteur une réflexion sur la mort, notre façon de l'aborder, ainsi que ce qu'il pourrait advenir après celle-ci, et, corolairement, sur la vie que nous menons ici-bas. Roman populaire présentant certains clichés évidents, il distille également une réflexion sur notre société et ses travers. Enfin, le coup de théâtre final met fin au suspense qui habite le roman et récompense le lecteur par une surprise qui lui permet de repenser sa lecture.

PISTES DE RÉFLEXION

QUELQUES QUESTIONS POUR APPROFONDIR SA RÉFLEXION...

- Des épigraphes sont présentes au début de chaque chapitre. Expliquez comment chacune d'elles entre en résonance avec le récit.
- « Le lieu est important car, en posant le décor, il contribue à la crédibilité de l'histoire », affirme le romancier (« Interview de Guillaume Musso à propos de *Et après...* », in *guillaume-musso.com*). Selon vous, est-il important que l'intrigue se situe à New York et pas ailleurs ? Justifiez.
- Que symbolise le cygne dans le roman de Guillaume Musso ? Pourquoi l'auteur fait-il apparaitre cette figure au début (prologue, chapitre II) et à la fin de l'histoire (chapitre XIX), deux endroits clés du livre ?
- Il est question, dans le roman, d'une expérience de mort imminente. Faites des recherches sur ce sujet : qu'ont en commun ces expériences ? En quoi diffèrent-elles ? Que nous

apprennent-elles ?

- Le roman soutient-il ou non l'hypothèse qu'il y a quelque chose après la mort ? Justifiez.
- Dans quelle mesure *Et après...* peut-il selon vous être considéré comme un thriller ?
- Guillaume Musso est souvent considéré comme un auteur populaire. Qu'en pensez-vous ? De manière générale, la littérature populaire est-elle légitime, ou les critiques à son égard vous semblent-elles justifiées ?
- Quels parallélismes peut-on établir entre *Et après...* et *Je reviens te chercher* (2008), un autre roman de Guillaume Musso ?
- Comparez le roman avec l'adaptation (*Et après*, 2008) qu'en propose Gilles Bourdos (réalisateur français, né en 1963). Que pensez-vous des choix du cinéaste concernant les éléments narratifs à conserver ou à supprimer par rapport à l'œuvre originale ?
- Dans l'adaptation cinématographique de Gilles Bourdos apparaissent à plusieurs reprises des images de Nathan et de sa famille dans la nature. Comment peut-on interpréter ce choix du réalisateur ? Que peuvent évoquer ces scènes ?

Votre avis nous intéresse !
Laissez un commentaire sur le site de votre
librairie en ligne
et partagez vos coups de cœur sur les réseaux
sociaux !

POUR ALLER PLUS LOIN

ÉDITION DE RÉFÉRENCE

- Musso G., *Et après...*, Paris, Pocket, 2011.

ÉTUDES DE RÉFÉRENCE

- Adam-Affortit M. et Delassus P., « Guillaume Musso, pourquoi ça marche ? », 28 avril 2011, in *parismatch.com*, consulté le 20 septembre 2017. http://www.parismatch.com/Culture/Livres/Guillaume-Musso-pourquoi-ca-marche-145667
- Busnel F., « Non, *Lire* ne désavoue pas la littérature populaire », 17 mai 2010, in *lexpress.fr*, consulté le 20 septembre 2017. http://www.lexpress.fr/culture/livre/non-lire-ne-desavoue-pas-la-litterature-populaire_892673.html
- Dufays J.-L., *Stéréotype et lecture : essai sur la réception littéraire*, Berne, Peter Lang, 2010.
- « Interview de Guillaume Musso à propos de *Et après...* », in *guillaumemusso.com*, consulté le 20 septembre 2017. http://www.guillaume-

musso.com/roman/et-apres/

- « L'écriture », in *guillaumemusso.com*, consulté le 20 septembre 2017. http://www.guillaume-musso.com/lecriture/
- « Littérature populaire », in *larousse.fr*, consulté le 20 septembre 2017. http://www.larousse.fr/encyclopedie/divers/litt%C3%A9rature_populaire/187201
- « Musso vs. Levy : le match des recettes en littérature », in *marieclaire.fr*, 2013, consulté le 20 septembre 2017. http://www.marieclaire.fr/,musso-vs-levy-le-match-des-recettes-en-litterature,696986.asp
- NAULLEAU E., « Le coup de gueule d'Eric Naulleau. Musso à la vinaigrette », 3 juin 2012, in *parismatch.com*, consulté le 20 septembre 2017. http://www.parismatch.com/Culture/Livres/Le-coup-de-gueule-d-Eric-Naulleau-Musso-a-la-vinaigrette-149799
- PAYOT M., « Guillaume Musso : best-seller et après ? », 5 avril 2015, in *lexpress.fr*, consulté le 20 septembre 2017. http://www.lexpress.fr/culture/livre/guillaume-musso-best-seller-et-apres_1667204.html
- « Surnaturel », in *larousse.fr*, consulté le 20 septembre 2017. http://larousse.fr/dictionnaires/

francais/surnaturel/75798?q=surnaturel #74930

ADAPTATION

- *Et après*, film de Gilles Bourdos, avec Romain Duris et John Malkovich, France/Canada/ États-Unis, 2007.

SUR LEPETITLITTÉRAIRE.FR

- Fiche de lecture sur *Central Park* de Guillaume Musso.
- Fiche de lecture sur *La Fille de Brooklyn* de Guillaume Musso.
- Fiche de lecture sur *La Fille de papier* de Guillaume Musso.
- Fiche de lecture sur *L'Appel de l'ange* de Guillaume Musso.
- Fiche de lecture sur *Que serais-je sans toi ?* de Guillaume Musso.

Retrouvez notre offre complète sur lePetitLittéraire.fr

- des fiches de lectures
- des commentaires littéraires
- des questionnaires de lecture
- des résumés

ANOUILH
- Antigone

AUSTEN
- Orgueil et Préjugés

BALZAC
- Eugénie Grandet
- Le Père Goriot
- Illusions perdues

BARJAVEL
- La Nuit des temps

BEAUMARCHAIS
- Le Mariage de Figaro

BECKETT
- En attendant Godot

BRETON
- Nadja

CAMUS
- La Peste
- Les Justes
- L'Étranger

CARRÈRE
- Limonov

CÉLINE
- Voyage au bout de la nuit

CERVANTÈS
- Don Quichotte de la Manche

CHATEAUBRIAND
- Mémoires d'outre-tombe

CHODERLOS DE LACLOS
- Les Liaisons dangereuses

CHRÉTIEN DE TROYES
- Yvain ou le Chevalier au lion

CHRISTIE
- Dix Petits Nègres

CLAUDEL
- La Petite Fille de Monsieur Linh
- Le Rapport de Brodeck

COELHO
- L'Alchimiste

CONAN DOYLE
- Le Chien des Baskerville

DAI SIJIE
- Balzac et la Petite Tailleuse chinoise

DE GAULLE
- Mémoires de guerre III. Le Salut. 1944-1946

DE VIGAN
- No et moi

DICKER
- La Vérité sur l'affaire Harry Quebert

DIDEROT
- Supplément au Voyage de Bougainville

DUMAS
- Les Trois Mousquetaires

ÉNARD
- Parlez-leur de batailles, de rois et d'éléphants

FERRARI
- Le Sermon sur la chute de Rome

FLAUBERT
- Madame Bovary

FRANK
- Journal d'Anne Frank

FRED VARGAS
- Pars vite et reviens tard

GARY
- La Vie devant soi

GAUDÉ
- La Mort du roi Tsongor
- Le Soleil des Scorta

GAUTIER
- La Morte amoureuse
- Le Capitaine Fracasse

GAVALDA
- 35 kilos d'espoir

GIDE
- Les Faux-Monnayeurs

GIONO
- Le Grand Troupeau
- Le Hussard sur le toit

GIRAUDOUX
- La guerre de Troie n'aura pas lieu

GOLDING
- Sa Majesté des Mouches

GRIMBERT
- Un secret

HEMINGWAY
- Le Vieil Homme et la Mer

HESSEL
- Indignez-vous !

HOMÈRE
- L'Odyssée

HUGO
- Le Dernier Jour d'un condamné
- Les Misérables
- Notre-Dame de Paris

HUXLEY
- Le Meilleur des mondes

IONESCO
- Rhinocéros
- La Cantatrice chauve

JARY
- Ubu roi

JENNI
- L'Art français de la guerre

JOFFO
- Un sac de billes

KAFKA
- La Métamorphose

KEROUAC
- Sur la route

KESSEL
- Le Lion

LARSSON
- Millenium I. Les hommes qui n'aimaient pas les femmes

LE CLÉZIO
- Mondo

LEVI
- Si c'est un homme

LEVY
- Et si c'était vrai…

MAALOUF
- Léon l'Africain

MALRAUX
• La Condition
humaine

MARIVAUX
• La Double
Inconstance
• Le Jeu de l'amour
et du hasard

MARTINEZ
• Du domaine
des murmures

MAUPASSANT
• Boule de suif
• Le Horla
• Une vie

MAURIAC
• Le Nœud
de vipères

MAURIAC
• Le Sagouin

MÉRIMÉE
• Tamango
• Colomba

MERLE
• La mort est
mon métier

MOLIÈRE
• Le Misanthrope
• L'Avare
• Le Bourgeois
gentilhomme

MONTAIGNE
• Essais

MORPURGO
• Le Roi Arthur

MUSSET
• Lorenzaccio

MUSSO
• Que serais-je
sans toi ?

NOTHOMB
• Stupeur et
Tremblements

ORWELL
• La Ferme
des animaux
• 1984

PAGNOL
• La Gloire de
mon père

PANCOL
• Les Yeux jaunes
des crocodiles

PASCAL
• Pensées

PENNAC
• Au bonheur
des ogres

POE
• La Chute de la
maison Usher

PROUST
• Du côté de
chez Swann

QUENEAU
• Zazie dans
le métro

QUIGNARD
• Tous les matins
du monde

RABELAIS
• Gargantua

RACINE
• Andromaque
• Britannicus
• Phèdre

ROUSSEAU
• Confessions

ROSTAND
• Cyrano de
Bergerac

ROWLING
• Harry Potter à
l'école des sor-
ciers

SAINT-EXUPÉRY
• Le Petit Prince
• Vol de nuit

SARTRE
• Huis clos
• La Nausée
• Les Mouches

SCHLINK
• Le Liseur

SCHMITT
- La Part de l'autre
- Oscar et la
  Dame rose

SEPULVEDA
- Le Vieux qui
  lisait des romans
  d'amour

SHAKESPEARE
- Roméo et Juliette

SIMENON
- Le Chien jaune

STEEMAN
- L'Assassin
  habite au 21

STEINBECK
- Des souris et
  des hommes

STENDHAL
- Le Rouge et
  le Noir

STEVENSON
- L'Île au trésor

SÜSKIND
- Le Parfum

TOLSTOÏ
- Anna Karénine

TOURNIER
- Vendredi ou
  la Vie sauvage

TOUSSAINT
- Fuir

UHLMAN
- L'Ami retrouvé

VERNE
- Le Tour
  du monde
  en 80 jours
- Vingt mille
  lieues sous
  les mers
- Voyage au
  centre de
  la terre

VIAN
- L'Écume des jours

VOLTAIRE
- Candide

WELLS
- La Guerre des
  mondes

YOURCENAR
- Mémoires
  d'Hadrien

ZOLA
- Au bonheur
  des dames
- L'Assommoir
- Germinal

ZWEIG
- Le Joueur
  d'échecs

ISBN version numérique : 978-2-8062-5154-1
ISBN version papier : 978-2-8062-5198-5
Dépôt légal : D/2017/12603/763

Avec la collaboration de Noémie Lohay pour les chapitres « La littérature populaire », « Mort et surnaturel » et « Valeurs et travers sociétaux ».

Conception numérique : Primento,
le partenaire numérique des éditeurs.

Ce titre a été réalisé avec le soutien de la Fédération Wallonie-Bruxelles, Service général des Lettres et du Livre.